漢字部首繪本 ③
人心果

作　　者：小荷

繪　　圖：Keman

責任編輯：黃花窗　劉紀均

美術設計：鄭雅玲

出　　版：新雅文化事業有限公司

香港英皇道 499 號北角工業大廈 18 樓

電話：(852) 2138 7998

傳真：(852) 2597 4003

網址：http://www.sunya.com.hk

電郵：marketing@sunya.com.hk

發　　行：香港聯合書刊物流有限公司

香港荃灣德士古道 220-248 號荃灣工業中心 16 樓

電話：(852) 2150 2100

傳真：(852) 2407 3062

電郵：info@suplogistics.com.hk

印　　刷：中華商務彩色印刷有限公司

香港新界大埔汀麗路 36 號

版　　次：二〇二一年七月初版

漢字部首繪本 三

人心果

小荷 著　Keman 繪

新雅文化事業有限公司
www.sunya.com.hk

我的拼圖少了幾塊。

我的圖書補了又破。

媽媽總是安慰我……

妹妹的年紀小，不懂事。

我試着去忍讓。

我試着去寬恕。

我試着去忘記。

可是，我的**怒火**

還是會像火山一樣爆發。

為什麼爸爸總是責怪我？

為什麼媽媽就是不懲罰她？

為什麼妹妹常常惹我生氣？

我只能將感受
畫在一張小小的卡片上。

我要給爸爸媽媽吃人心果，
讓他們不再偏心眼。

把他們的 愛
公平地分給妹妹和我。

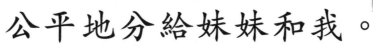

給家長的話

　　自從有了小妹妹之後，哥哥的生活就有了翻天覆地的改變：心愛的拼圖被當成家家酒、喜歡的圖書變得破破爛爛……面對妹妹的「破壞」行為，媽媽總是安慰哥哥，說妹妹不懂事。於是，哥哥試着對妹妹忍讓，試着去原諒她的行為，甚至試着去忘記妹妹的存在。可是長期壓抑的情緒最終決堤，哥哥對妹妹大發脾氣！可是，爸爸並沒有弄清前因後果就責備哥哥，令他更是傷心。最後，哥哥哭着畫了一張小卡片抒發情緒，同時向父母發出訊息。

　　孩子是父母眼中的心肝寶貝，可是你也曾像故事中的父母一樣忽略了他們內心的感受嗎？《人心果》這個故事以「心」部的字詞貫穿，描述哥哥的心理變化——由最初的「忍讓」、「寬恕」、「忘記」到後來「怒火」一發不可收拾。故事尾聲，爸爸媽媽收到哥哥畫的小卡片，了解到他的內心世界，讓彼此的關係昇華。

　　文字既是文化傳承的首要載體，亦是文化構成的重要部分。漢字獨特的構成方式不但反映了先民的生活面貌，還展現了濃濃的人情與義理。《漢字部首繪本》系列取材貼近孩童生活的故事，以近乎童詩的形式連結同部首字詞，凸顯部首與字義之間的關係。在這裏我們誠邀家長們與孩子共讀故事，通過有溫度的文字和圖畫帶領孩子走進漢字的世界！

小荷

作者簡介

小荷

　　香港中文大學教育碩士，修讀教育領導與行政，曾任小學教師八年，現為全職媽媽。曾於香港教育大學修讀兒童文學及文字學，喜歡創作童詩，熱衷研究漢字的源流和演變。從前每天為學生講課，現在每天給孩子講故事。2020 年創作繪本《找房子》獲得香港兒童文學協會頒發第四屆香港圖畫書創作獎首獎。

繪者簡介

Keman

　　香港教育大學榮譽教育學士，主修視覺藝術及中國語文，現職小學教師。擅長木顏色、水彩等傳統媒介，喜歡創作富質感的兒童插畫，主題以當下的感受和生活經驗為主。平日白天是温柔、從容的班主任，到了晚上和假日會變成抓狂的媽媽。